E. Walser

Was ist Allopathie und was Homöopathie?

Antigonos

E. Walser

Was ist Allopathie und was Homöopathie?

Unveränderter Nachdruck der Originalausgabe von 1871.

1. Auflage 2024 | ISBN: 978-3-38636-086-9

Antigonos Verlag ist ein Imprint der Outlook Verlagsgesellschaft mbH.

Verlag: Outlook Verlag GmbH, Zeilweg 44, 60439 Frankfurt, Deutschland info@outlook-verlag.de
Vertretungsberechtigt: E. Roepke, Zeilweg 44, 60439 Frankfurt, Deutschland
Druck: Libri Plureos GmbH, Friedensallee 273, 22763 Hamburg, Deutschland

Was ist

Allopathie und was Homöopathie?

Ein öffentlicher Vortrag

gehalten am 22. Februar 1871

im Saale des oberen Museums zu Stuttgart

von

Dr. E. Walser,

K. W. Oberamtsarzt, der vaterländischen naturwissenschaftlichen Gesellschaft, wie des ärztlichen Vereins für Württemberg ordentl. Mitglied.

Stuttgart.

Verlag von Carl Grüninger.

1871.

Vorwort.

———

Nachstehender Vortrag wurde vor einem gewählten Publikum in Stuttgart mit allgemeinem Interesse entgegen genommen, was den von mancher Seite hiezu aufgeforderten Verfasser bestimmte, denselben dem Druck zu übergeben.

Ein ungeduldiger Leser kann die kurze und bündige Antwort auf die Doppelfrage des Titelblattes Seite 31 vollständig finden, allein ich fürchte, es möchte ihm wenig damit gedient sein, etwa gerade so viel wie demjenigen, der aller Kenntnisse von Chemie und Mineralogie baar, in ein Naturalienkabinet käme und von dem Conservator, auf die Frage: was ist doch dieses und jenes für ein schöner Stein? die kurze Antwort bekäme: „Dieses hier, mein Herr, ist Schwefelkies und jenes dort Malachit.“

Wie wir ein Flusssystem nur dann ganz kennen und seine Eigenthümlichkeiten begreifen, wenn wir bis zu seinem Quellgebiet emporsteigen; so ist es auch nicht möglich von Arzneiwirkung mit Jemandem zu sprechen, beziehungsweise eine solche ihm anschaulich zu machen — es sei denn, dass derselbe sich von vornherein mit den alten banalen begriffsverschwommenen Frasen, als da sind: auflösende, tonisirende, einhüllende, alterirende etc. Wirkung zufrieden giebt —, als wenn wir mit ihm durch die ganze Architektonik des atomischen Aufbaues der Materie hinauf- oder hinabsteigen. Wenn es nun auf diesem Gang durch die Welt des Unsichtbaren für den Landfremden etwas stolperig hergeht, so liegt das nun einmal in der Natur Sache. In wie weit es mir gelungen ist, durch populäre Fassung meines Vortrags diese ungewöhnlichen Wege zu ebnen, muss ich der Beurtheilung des wohlwollenden Lesers überlassen.

Leutkirch, den 7. März 1871.

Der Verfasser Dr. E. **Walser.**

Hochverehrte Anwesende! Ich habe die Ehre Ihnen heute Abend einen Versuch, das homöopathische Heilverfahren naturwissenschaftlich zu begründen, vorzutragen und dasselbe in Zusammenstellung mit dem allopathischen zu bringen. Da es wenigstens meine wohlgemeinte Absicht ist, Sie allgemein von dem zu überzeugen, was ich selbst nicht nur Wahres, sondern auch von hochwichtiger praktischer Bedeutung an diesem Heilverfahren gefunden habe, so bin ich genöthigt mit Rücksicht auf denjenigen Theil meiner h. Zuhörer deren Beruf oder Lieblingsstudien Naturwissenschaften nun einmal nicht sind, etwas weiter auszuholen. Ich muss daher den andern Theil meiner h. Zuhörer bitten, eine ausserdem zu umgehende Einleitung mit Nachsicht zu beurtheilen und mit einigem Aufwande von Geduld zu ertragen.

H. A. Hier habe ich ein Stück Kreide, dieses Stück Kreide kann ich mit leichter Mühe auf mechan. Weise in immer kleinere und kleinere Stückchen, ja bis zum feinsten Pulver zertheilen. Jedes kleinste Stäubchen davon ist übrigens so gut Kreide wie dieses grosse Stück. Wenn Sie aber daraus den Schluss ziehen wollten, diese durchaus gleichartigen, wenn auch noch so kleinen Theile wären wirklich die kleinsten Theile der Kreide, so würden Sie sich sehr täuschen. Setzen Sie diese Kreide oder deren kleinste gleichartigen Theile nur einer hohen Temperatur aus und wägen Sie dieselben vor und nach dem Glühen, so werden Sie finden, dass die Kreide an Gewicht verloren hat und dass aus der Kreide etwas ganz anderes geworden ist, nemlich Aezkalk. Sollten Sie zudem noch das Gas, welches bei dieser Gelegenheit entwichen ist in geeigneten Glasgefässen aufgefangen und gleichfalls gewogen haben, so würden Sie überdiess noch erfahren haben, dass die Kreide gerade so viel an Gewicht verloren hat, als dieses Gas, welches den Namen Kohlensäure führt, wiegt.

Der Unterschied zwischen jenem ersten Theilen in durchaus gleichartige Theile und diesem letzten Zerlegen in durchweg ungleichartige Theile besteht darin, dass wir im ersten Fall das Theilen unmittelbar selbst vornehmen können, während wir im andern Fall das Auseinanderfallen der gleichartigen Theile in ungleichartige nur mittelbar durch jene kleinsten gleichartigen Theile selbst, welche man in der Wissenschaft chemische Molekule nennt, herbeiführen können. Bei diesem letzten Zerlegungsprozess in ungleichartige Theile ist man endlich doch auch auf Stoffe gekommen, die wenigstens mittelst unseren jetzigen Mitteln nicht weiter zerlegt werden können. Es gibt gegenwärtig 66 solche verschiedene Substanzen, welchen man den Namen chemische Elemente beigelegt hat. Von diesen muss man also vorläufig annehmen, dass jeder dieser Stoffe für sich aus durchweg gleichartigen Theilen zunächst bestehe. Welches aber die Grösse und die Form dieser kleinsten Theilchen sei, aus denen diese einfachen Substanzen bestehen, darüber lässt sich aus Erfahrung nichts Bestimmtes sagen. Man hat indessen auch ihnen, weil man sie als vorhanden voraussetzen musste, einen eigenen Namen gegeben und dieselben chem. Atome — nicht zu verwechseln mit physischen Atomen, die wohl auch schlechtweg Atome, Uratome oder Monaden heissen — genannt. Aus Erfahrung wissen wir nur so viel, dass alle chemische Substanzen, einfache wie zusammengesetzte in ganz bestimmten Verhältnissen zu je dem gleichen Stoffe sich verbinden, so müssen z. B., wenn Wasserstoff und Sauerstoff zu Wasser sich verbinden sollen, jedesmal 8 Gewichtstheile Sauerstoff mit 1 Gewichtstheil Wasserstoff sich vereinigen, wodurch 9 Gewichtstheile Wasser entstehen. Aus dieser für alle Stoffe gleichbleibenden, jeweiligen Zusammensetzung hat sich das Material zu einer der schönsten und nützlichsten Erfahrungswissenschaft, der Chemie aufgebaut.

Wenn Sie nun die Thatsache näher in's Auge fassen, dass jeder Naturkörper in seiner stofflichen Zusammensetzung eine so ganz konstante Proportionalität zeigt, so können Sie sich gewiss mit mir kaum der Frage erwehren: woher kommt doch diese merkwürdige Eigenschaft? — Stellen Sie sich solch stofflich gleichartige Molekule unter welcher Grösse und Form immer vor, so wird wohl so viel sicher sein, dass eine solche stoffliche Gleichheit sämmtlicher einen Naturkörper darstellenden Molekule eine Willkürlichkeit in der Art und Weise, wie dessen Bestandtheile im Molekul gruppirt sind, so gut wie ausschliesst. Dieses angenommen, setzt hinwiederum diese Gleichartigkeit der Gruppirung der chemischen Atome zum Molekul mit grösster Wahrscheinlichkeit voraus, dass diese chem. Atome als Ganze sich nicht nach allen Seiten mit gleicher Anziehungskraft begegnen, wie dieses z. B. der Fall ist bei der gegenseitigen Anziehung zwischen Sonne und Erde, wo es gleich ist, ob die Erde ihre östliche oder ihre westliche Halbkugel der Sonne entgegenkehre. Denn wäre diese specielle Anziehung der chem. Atome nach allen Seiten hin gleich, so könnte es gewiss nicht fehlen, dass die allerverschiedensten Gruppirungen der Atome zum Molekul alltäglich vorkommen müssten.

Dass die Molekule und Atome wirklich nicht rings um nach allen körperlichen Dimensionen gleiche Eigenschaften besitzen, dafür sprechen auch eine Masse von Thatsachen aus den Gebieten der Physik und Chemie, ich erinnere, den Herrn Fachmännern gegenüber nur an den

Krystallisationsprozess, an die Erscheinungen der Polarisation, der Iso- und Polymerie, des Iso- und Polymorphismus. Es hat deswegen auch schon Newton die Anziehung der kleinsten Theile zu chemischen Verbindungen als nicht herrührend von der Anziehungskraft, welche Massen auf Massen ausüben, für verschieden von der Schwerkraft gehalten und die hervorragendsten Fachmänner auf dem Gebiete der Chemie, z. B. Davy, Schweigger-Seidel, ganz besonders aber Berzelius haben diese chem. Molekularanziehungskraft, um mich so auszudrücken, entweder geradezu für identisch mit der Electricität oder dem Magnetismus oder für sehr nahe verwandt damit gehalten.

H. A. Sie haben alle schon einen Magnet, sei es als Hufeisenmagnet oder Magnetnadel unter der Hand gehabt. Sie wissen, dass bei aller übrigen physikalischen und chemischen Gleichheit es an jedem Magnet 2 in der Regel diametral einander entgegengesetzte Stellen gibt, die gegen Körper, welche entweder selbst schon Magnete sind oder doch zu Magneten gemacht werden können, wie das Eisen, gerade einander entgegengesetzte Anziehungskräfte zeigen. Diejenigen Körper, welche die eine dieser beiden Stellen anzieht, stösst die andere ab. Sie wissen, dass man diese beiden Stellen der Magnete Pole nennt und auf obige Eigenschaft dieser 2 Pole, wovon man um sie von einander zu unterscheiden, den einen den positiven und den andern negativen Pol nennt, gründet sich das Polaritätsgesetz, das da heisst: ungleichnamige Pole ziehen einander an und gleichnamige Pole stossen einander ab.

So unschuldig und einfach dieses Polaritätsgesetz aussieht, so fruchtbar ist die Eigenschaft der Polarität in ihren Wirkungen, die wir zeitweilig an den Naturkörpern wahrnehmen. Ich sage zeitweilig, weil wir dieselben nicht immer und wenn wir von Wirkungen der chemischen Anziehungskraft absehen, auch nicht an allen Naturkörpern wahrnehmen. Würden wir stets an allen Körpern neben der Ponderabilität auch Polarität unmittelbar wahrnehmen, so hätte wahrscheinlich das homöopatische Heilverfahren schon längst seine richtige Deutung gefunden. Indessen danken wir auf der anderen Seite dem lieben Gott doch auch dafür, dass er nicht alle Naturkörper mit magnetischer Anziehungskraft begabt hat, denn denken Sie wie viele allstündliche Hindernisse in all unserem Thun und Treiben hätten wir zu überwinden, wenn alles was wir mit unseren Händen, Lippen, kurz mit irgend einem Theil unseres Körpers berührten, wenn auch nur auf kurze Zeit an uns haften bliebe, wenn's auch nicht sogleich zu Gold würde und uns mit dem gleichen verhängnissvollen Glück bedrohte wie den Holzhacker in Grimms Märchen.

Es sind jetzt etwas mehr als 5 Jahre dass ich, veranlasst durch das wiederholte Studium der grossen Entdeckungen von du Bois-Raymond auf dem Gebiete der Nervenphysiologie für mich selbst erstmals die Hypothese aufstellte, dass wie du Bois- Raymond zur Erklärung des Nervenstroms eigene polare Nervenmolekule annahm, für die er also als solche als Ganzes sowohl Ponderabilität als Polarität vindiciren muss, selbst wenn diese Folgerung auch nicht formell ausgesprochen ist: so könnten wohl alle letzten Körpertheile vom Molekul bis zum Uratom gleichfalls Träger einer unpolaren Centralkraft (Schwerkraft) als zweier einander entgegengesetzten polaren Anziehungskräfte sein. Ich habe innerhalb dieser 5 Jahre den nemlichen Gedanken durch alle einschlagenden Gebiete der Physik und Chemie geprüft und denselben überall für die Erklärung der betreffenden Experimente und Naturerscheinungen brauchbar gefunden. Diese Fundamentalhypothese nun ist es auch, auf welche ich sämmtliche Data der Homöopathie zurückführen werde, weil ich glaube, sie allein wird es ermöglichen das bis dahin, wenigstens nach den Anforderungen der exakten Forschung ungelöst gebliebene Räthsel zu lösen und dem homöopathischen Heilverfahren einen der exakten Forschung zugänglichen festen Grund zu gewinnen, denn alles was man bisher versucht hat, dieses dunkle Gebiet aufzuhellen, hat sich, so viel wenigstens mir bekannt, höchstens auf gut gewählte Analogien und diesen entnommene Wahrscheinlichkeitsgründe beschränkt.

Hat nun jeder Naturkörper bis in seine kleinsten Theile die Eigenschaft, Träger sowohl einer unpolaren Centralkraft als zweier polar entgegengesetzter Anziehungskräfte zu sein, so muss nothwendig auch jede Erscheinung die wir irgend an einem Naturkörper wahrnehmen, zusammengesetzt sein aus der Summe aller Wirkungen der unpolaren Centralkräfte und aus der Summe aller Wirkungen der polaren Anziehungskräfte. Die Combination unpolarer und polarer Anziehungskräfte lässt sich vielleicht am besten durch folgendes fingirtes Beispiel veranschaulichen. Denken Sie sich einmal 2 Lokomotive, von welchen jede einen sehr kräftigen, grossen Magnetstab parallel der Längenachse tragen soll. Zuerst denken wir uns die beiden Lokomotive ungeheizt auf ein und dem gleichen Schienengeleise. Werden dieselben, etwa durch Menschenkräfte einander langsam entgegengeschoben, so wird sogleich, wenn die Maschinen soweit einander genähert sind, als die Anziehungskräfte der Magnete reichen, eine Veränderung in der Bewegung stattfinden und zwar dadurch, dass sich neben der unpolaren Kraft mech. Arbeit auch die polare Kraft des Magnets geltend macht. Sind 2 ungleichnamige Pole gegen einander gekehrt, so werden die Maschinen sich vielleicht ohne alles weitere Hinzuthun einander nähern oder im Fall gleichnamige Pole einander zugekehrt sind, werden sie, wenn man sie nicht durch Menschenkräfte daran hindert, sich von einander entfernen. Denken wir uns nun den zweiten Fall: Die Lokomotive seien geheizt und fahren mit grosser Kraft gegen einander. Diesesmal wird man gewiss keinen Unterschied in der Bewegung finden, ob dieselben in- oder ausserhalb der Anziehungssphäre der Magnete sich befinden, obgleich nicht der geringste Zweifel entstehen kann, dass die gleichzeitig aufliegenden und mitfahrenden Magnete auch ihre Anziehungskraft auf einander ausüben, so bald sie innerhalb der Anziehungssphäre sich befinden. So bald aber die Lokomotive nur mit sehr mässig verwendeter unpolarer Dampfkraft gegen einander fahren, würde sich sofort auch innerhalb dem Bereich der polaren Anziehungskraft der Magnete ihr Dasein und Wirksamkeit dem Auge sichtbar machen.

Unter Nutzanwendung dieses Beispiels wird es Ihnen nun nicht mehr auffallen, dass bei einer sehr grossen Anzahl von Naturerscheinungen und Experimente an den Atomen und Molekulen selbst, wenn ihnen auch wirklich polare Kräfte neben der unpolaren Centralkraft zukommen, dennoch nur letztere uns zur Erscheinung kommen.

Insbesondere darf es uns gar nicht wundern, dass wir an den Erscheinungen des Lichts und der Wärme nicht gleichzeitig auch polare *) Bewegungserscheinungen wahrnehmen, wenn wir bedenken, dass die Atome als electrisches Licht 60,000 d. M. und als Sonnenlicht 40,000 d. M. in der Sekunde zurücklegen. Wenn dagegen die gleichen imponderabeln Aetheratome sich nur mit einer Geschwindigkeit bewegen von 3600 d. M. in der Sekunde als galvanischer Strom im Telegraphendraht, da kommen an den Atomen, wie wir sattsam wissen, neben ihren unpolaren Bewegungserscheinungen als Ganzes auch die ausserdem von uns unbeachteten polaren Anziehungen zur Erscheinung.

Ich kehre nun wieder zum chemischen Molekul zurück. Es fragt sich nun, sind die kleinsten Theile der unter einander ungleichen chem. Elemente d. h. die chem. Atome auch stofflich unter sich verschieden und nicht mehr zusammengesetzt oder nicht? Sie können auf diese Frage mit ja oder mit nein antworten, Sie haben Gründe dafür und dagegen, wesswegen darüber auch die Meinungen der Naturforscher auseinandergehen. Mir war von jeher die ganz unmotivirte, möglicher Weise alle Tage wechselnde Anzahl von Elementen als sehr verdächtig vorgekommen und ich schliesse mich derjenigen Meinung an, die alle chem. Atome ebenso aus der verschiedenen Gruppirung stofflich durchaus gleicher Uratome, physischer Atome oder Monaden, wie man die allerletzten und kleinsten körperlichen Theile nennt, hervorgehen lässt, wie die stofflich verschiedenen Molekule wieder auf verschiedener Gruppirung der chem. Atome beruht. Diesen Uratomen nun muss ich ebenso, wie den aus ihnen zusammengesetzten Körpern gleichzeitig unpolare Centralkraft d. h. Ponderabilität wie polare Anziehungskräfte d. h. Polarität vindiciren.

---

*) Ist zudem nur mit Restriktion zu sagen, wie an einem andern Orte des Näheren besprochen werden soll, bezüglich der chem. Wirkungen des Lichts

Diese Uratome können wir uns nun unter was immer für einer Form vorstellen, wir sind sicher nicht widerlegt werden zu können. Stellen wir uns, denn es hat etwas für sich, dieselben unter der einfachsten und in gewissem Sinne doch vollkommensten Form einer Kugel vor, so besitzt also jede Uratomkugel als Ganzes eine centrale Anziehungskraft und die eine Hälfte der Kugeloberfläche stellen wir uns vor, habe eine negative, die andere entgegengesetzte Kugeloberfläche eine positive polare Anziehungskraft. Diese Anschauungsweise entspricht nun vollkommen meiner Fundamentalhypothese. Dieselbe unterscheidet sich aber wesentlich von der bis dahin unter den Naturforschern herrschenden Ansicht. Nach dieser bis zur Stunde allgemein angenommenen Ansicht kommt jedem einzelnen Atom nur e i n e Art von Anziehungskraft zu, dem ponderabeln Atom eine positive, dem unwägbaren Aetheratom eine negative Anziehungskraft d. h. eine Abstossungskraft. Dafür kommt aber jeder Naturforscher auch mit der Antwort auf die Frage: wo ist denn alsdann die Heimath der polaren Anziehungskräfte? in nicht geringe Verlegenheit, die Ansichten der Naturforscher gehen auch darüber sehr auseinander und tragen alle das Gepräge grosser Unsicherheit. *) Wenn sich nun diese Uratome zu einem chem. Atom gruppiren, so ist unter obiger Voraussetzung. es eine absolute Nothwendigkeit, dass die Oberflächen wenigstens eines Theils dieser Uratome, die nach einer Hälfte hin positiv und nach der entgegengesetzten negativ polar sind, zugleich auch die Gränzflächen bilden müssen. Die verschiedene Gruppirung der Uratome nun als Ganze unter sich und die polare Verschiedenheit der Oberflächen dieser Atome, wovon jedenfalls zugleich eine Anzahl auch die Gränzflächen bildet, gibt eben diesen Gränzflächen, seien es deren so viel es wollen und damit auch dem begränzten Ganzen seinen ganz

---

*) Unter allen Umständen muss dann neben dem gewöhnlichen unpolaren mit Abstossungskraft begabten Aether noch wenigstens e i n polares imponderables Fluidum, oder wie man es nennen will, angenommen werden, nemlich das e l e c t r i s c h e, mittelst dessen man dann nach der Ampèreschen Theorie durch Induction die Erscheinungen des Magnetismus allerdings erklären kann. Allein damit ist die Sache erst im Bereich der Imponderabilien bezüglich der Erklärung der polaren Erscheinungen abgemacht, keineswegs aber hinsichtlich der Erklärung der unter der Form von chemischer Affinität vorkommenden polaren Erscheinungen im Bereich der ponderabeln Atome. Verzichtet man aber darauf, chem. Wahlverwandtschaft auch als die Wirkungen polarer Wahlkräfte aufzufassen und bei dieser Gelegenheit so gut es gehen will das electrische Imponderabile in Mitleidenschaft zu ziehen, so wird die Verlegenheit bei der Erklärung noch grösser und bis zu welcher wunderlichen Gedankenfreiheit sich man nicht auf diesem Wege versteigen kann, davon hat Prof. Czyrmanski in Krakau mit seiner Theorie der „chem. Rotation" ein nicht zu verachtendes Specimen geliefert in: C h e m. T h e o r i e a u f d e r r o t i r e n d e n B e w e g u n g d e r A t o m e b a s i r t, k r i t i s c h e n t w i c k e l t v o n Dr. E m i l C z y r m a n s k y, Prof. d e r C h e m i e a n d e r I a g e l l o n i s c h e n U n i v e r s i t ä t. II. v e r m e h r t e A u f l a g e. K r a k a u 1870.

bestimmten qualitativen Character. Nehmen wir beispielsweise nur 4 solche verschiedene Uratome mit ihren polaren Oberflächen, so macht es schon bezüglich der ihrer Gruppe eigenthümlichen Anziehung wegen der damit gegebenen Distanz verschiedenfach einen Unterschied aus, ob dieselben im Quincunx $\circ^\circ_\circ$ oder in Linienform 0000 oder in Form einer Würfelfläche $^{\circ\circ}_{\circ\circ}$ gruppirt sind. Betrachten wir sodann 2 verschiedene chem. Atome etwa mit gleicher Gruppirung der Uratome, so wird die Anziehung zwischen beiden eine ganz verschiedene sein, wenn z. B. den 4 positiven Polarflächen 4 gleichgruppirte negative entgegenstehen, als wenn denselben 4 positiven Polarflächen nur 2 negative und 2 positive oder 1 negative und 3 positive Polarflächen einander gegenüber stehen. Aus diesem einzigen Beispiel wird Ihnen schon klar werden, wie durch diese einfachen Mittel der Natur die Möglichkeit einer geradezu unendlichen stofflichen Verschiedenheit der Naturkörper gesichert bleibt.

II. A. Aus der Lectüre oder aus der Umgangssprache ist Ihnen gewiss auch das Wort specifisch bekannt. Ich wüsste nicht, dass Jemand schon eine wirklich sachliche Begriffsbestimmung von diesem Wort gegeben hätte. Unter Annahme, dass stoffliche Verschiedenheit eine Wirkung polarer Anziehungskräfte ist und unter Zugrundlegung des so eben auseinander gesetzten atomistischen Aufbaus der Molekule, lässt sich indessen recht gut eine bündige Antwort auf die Frage: was ist specifisch? geben. Gegenseitige specifische Beziehungen haben nur diejenigen Naturkörper, die aus Molekulen bestehen, deren Atome bei möglichst ähnlicher Gruppirung den grössten polaren Gegensatz zeigen. Sie könnten beim ersten Anblick dieser ohne weitere Einleitung gegebenen Begriffsbestimmung vielleicht glauben, es wäre dieselbe eine mehr oder weniger willkürliche mit der Fundamentalhypothese nicht zusammenhängende Behauptung.

Wenn Sie indessen bedenken, dass sich die specifische Beziehung zweier verschiedener Naturkörper gerade dadurch characterisirt, dass

1) ein bestimmtes qualitatives Resultat von chem. Verbindungskraft einzig und allein aus der chem. Verbindung dieser zwei Naturkörper hervorgeht, welche gegenseitige Specifica sind und
2) dass in der Regel dieses qualitative Resultat noch zu Stande kommt, wo die chem. Verbindungskraft des einen wie des andern Naturkörpers gegenüber anderen Stoffen längst erloschen ist, z. B. bei der höchsten Verdünnung der auf einander reagirenden Stoffe:

so werden Sie zugeben, dass es nichts als eine logische Consequenz aus meiner Fundamentalhypothese und dem eben auseinander gesetzten atomischen Aufbau der Naturkörper ist, wenn ich die für die chem. Verbindung zweier Stoffe günstigste Gruppirung der Atome und Molekule denjenigen Naturkörpern zuschreibe, welche an sich jene eigenthümliche Beziehung, die wir specifisch nennen, zeigen. Wir haben z. B. für Eisenoxydsalze eine Menge Reagentien: Schwefelamonium, reine und kohlensaure Alkalien, phosphorsaures Natron; wollen wir aber das Eisenoxydsalz noch in seiner höchsten Verdünnung aufsuchen, so müssen wir zu 2 andern Reagentien greifen. Nach Lassaignes schon aus dem Jahr 1829 stammenden Versuchen sind die Molekule des Kalium eisencyanurs noch im Stande die Eisenoxydmolekule auszuwittern und an sich zu ziehen bei einer Verdünnung von 1: 3200000 und die der Galläpfeltinktur sogar bei einer solchen von 1: 6400000, wo die polare Anziehungskraft zu dem Eisenoxyd bei allen anderen Molekulen längst nicht mehr ausreicht. Aehnliches findet statt zwischen Chlormetallen und den Silbersalzen, namentlich dem Silbersalpeter. Wir können, beziehungsweise müssen deshalb auch Kaliumeisencyanur und Galläpfeltinktur specife Reagentien auf Eisenoxydsalze und Silbersalpeter das specifische Reagens auch Chlormetalle nennen. Wenn ich nun den Grund dieser gegenseitigen Beziehung zweier Naturkörper in den für die chem. Verbindung günstigsten Umständen suche, so glaube ich dafür die Berechtigung grosser Wahrscheinlichkeit zu haben. Wie nun zwischen den Molekulen der sogenannten todten Natur solche specifische Beziehungen vorkommen, so finden wir da und dort, dass auch die Molekule anorganischer Naturkörper einerseits und der Molekule organischer lebender Naturkörper andererseits solche gegenseitige specifische Beziehungen haben können und in diesem Falle reden wir dann von specifischen Nahrungsmitteln und specifischen Arzneimitteln. So sind und werden gewisse Kohlenwasserstoffe im lebenden Körper zu specifischen Fettbildern. Das Chinin, das nach den neueren Untersuchungen, — sei es unmittelbar oder mittelbar, das bleibt dahingestellt — eine besondere Beziehung zu der Milz hat, ist ein specifisches Heilmittel des Wechselfiebers, bei dem ja die Betheiligung der Milz ein Hauptfactor ist.

Nachdem ich hinsichtlich des inneren Aufbaus der Naturkörper das Nöthigste in Betreff der wägbaren Materie berührt habe, glaube ich am Schlusse meiner Einleitung nur noch kurz auch der unwägbaren Materie gedenken zu müssen. Der grösste Theil der Naturforscher nimmt an, dass aller von der wägbaren Materie nicht eingenommene Raum von dem sogenannten Aether ausgefüllt sei. Der Aether besteht nun nach deren Annahme gleichfalls aus kleinsten Theilen: Atomen, die aber im Gegensatz zu den wägbaren Atomen sich gegenseitig abstossen und denen ich getreu meiner Fundamentalhypothese neben dieser negativen und unpolaren Centralkraft als Ganzes gleichfalls wie den ponderabeln Atomen 2 einander entgegengesetzte polare Anziehungskräfte zuschreibe. Nach diesen einleitenden Bemerkungen wollen wir nun das Gebiet selbst betreten, auf dem die chem. Molekule ihre Rolle zu spielen haben werden, das Gebiet des lebenden Organismus.

H. A., hier drängt sich uns vor allem andern die Frage auf: **w o r i n b e -
s t e h t d e r U n t e r s c h i e d z w i s c h e n 'e i n e m l e b e n d e n u n d e i n e m
n i c h t l e b e n d e n K ö r p e r?** Man hat von jeher diese Unterscheidungs-
merkmale nach allen Seiten hin aufgesucht und davon ein erhebliches Material zusammengebracht. Je mehr man aber die Natur erforscht hat, desto
mehr schrumpfte dieser Vorrath von Unterscheidungsmerkmalen zusammen
und jetzt, da durch Entdeckung der sogenannten Amoeben, die eigentlich
nichts sind, als ein Tropfen thierischen Schleims, der nach allen Seiten seine
Ausläufer wie Strahlen oder wie Füsse ausstreckt und wieder einzieht,
ist sogar das am längsten haltbare Unterscheidungsmerkmal geschwunden,
das dahin lautete: jedem lebenden Körper kommt eine ganz bestimmte
Form zu. In W a h r h e i t beschränkt sich jetzt der Unterschied auf den
Satz, den das Genie Kants längst schon aufgestellt hat: **S e l b s t h ä t i g -
k e i t i s t d a s u n t e r s c h e i d e n d e M e r k m a l d e s O r g a n i s m u s
g e g e n ü b e r d e r N i c h t s e l b s t t h ä t i g k e i t, d i e d e n M e c h a n i s m u s
k e n n z e i c h n e t.** Die Thätigkeit eines „Selbst," das ist des schwarzen
Pudels geheimnissvoller Kern. Wer oder was ist denn dieses Selbst,
bin ich es, sind wir es mit einander? wo ist dieses Selbst? woher kam
es? wohin geht es? wer ist das Selbst dieses Selbstes? — — So fragen
sich nun seit Entwickelung des Menschengeschlechtes immer nur je die
grössten Köpfe, die tiefsten Denker aller Völker und aller Zeiten —
aber Keiner ist noch einer Antwort gewürdigt worden. Hier stand von
jeher der geheimnissvolle und wohl unverrückbare Markstein zwischen
dem Reiche des Wissens und des Glaubens. Ein Wort, ein eitles Wort
war zu allen Zeiten die taube Frucht von all dem mühsamen Kopfzer-
brechen. Geist, Seele, Lebenskraft, spezifische Combination der Materie,
so heissen einzelne dieser Worte, deren Begriff von jeher jeder, sei es
nach Inhalt seines angeborenen religiösen Glaubens, sei es nach seiner
eigens erworbenen Bildungstufe oder geradezu nach eigenem unmotivir-
tem Belieben ausgefüllt hat. Gegenwärtig ist das Wort Lebenskraft
freilich aus der Conversationssprache der Naturforscher gestrichen, weil
allerdings mit demselben viel Missbrauch getrieben wurde. Gegenwärtig
ist die Materie das „Selbst", freilich für jeden Einzelfall wieder eine
besondere Materie, so dass stets aus einer Hundematerie ein Hund, aus
einer Rindermaterie bei Leibe kein Esel, sondern jedesmal ein Rind
und aus einer Menschenmaterie ein Mensch wird. Das alles ist recht
schön und gut und da es mit Gottes Hülfe voraussichtlich auch ferner
so bleiben wird, so will ich hiermit Jedermann, der mit dieser grossen
Weltweisheit in dem sichern Hafen aufrichtiges Selbstbefriedigung angekommen ist, meine herzlichsten Glückwünsche hiermit dargebracht
haben. Gewiss, ich finde nichts natürlicher und für exclusive Kreise
selbstverständlicher, treibe man in denselben zum Vergnügen turf oder
sport oder zu seinem Lebensberufe exakte Wissenschaften, als dass sich

von Zeit zu Zeit die themata der Diskussion, die Tagesordnung, ändert
neue Schlagwörter, neue Ansichten auftauchen und damit sich vorüber-
gehend eine neue Sprache der Conversation bildet, die Franzosen nennen
das la langue verte, die grüne, die frisch aufkeimende Sprache. Es versteht
sich ferner von selbst, dass die massgebenden Persönlichkeiten gleichsam
in ihrem eigenen Hause auch Hausrecht üben und wenn sie wollen zu
ihrem Heu Stroh sagen können. Jedermann, der die Ehre hat, in solche
Kreise eingeführt zu werden, wird, wenn er nicht tölpelhaft erscheinen
will, auch alsdann jedesmal, wenn das Wort Heu kommt, Stroh sagen.
Indessen wenn einer mir daher käme und in allem Ernste behaupten
wollte, Heu sei von jetzt an wirklich Stroh, so würde ich vielleicht einem
solchen Herren mit den verbindlichsten Ausdrücken für die Mittheilung dieser eben so interessanten als wichtigen Neuigkeit danken und
mit Faust denken:

> Wie nur dem Kopf nicht alle Hoffnung schwindet,
> Der immerfort an schalem Zeuge klebt,
> Mit gieriger Hand nach Schätzen gräbt,
> Und froh ist, wenn er Regenwürmer findet.

Trotz der schönen Versuche von Berthelot, der aus durchaus un-
organischen Elementen organische Verbindungen, z. B. Ameisensäure,
Alcohol, Zucker, Leim — Büchner sagt sogar Eiweis, dieses dürfte indessen doch ein lapsus memoriae sein — künstlich dargestellt hat, ist
zwischen einem Körper, der integrirender Theil eines lebenden Körpers
sein kann und einem wirklich lebenden Körper — und wäre es auch
nur ein Tropfen lebenden Schleims — ein himmelweiter Unterschied und
der alte Satz bleibt noch bis zur Stunde unerschüttert: Leben kommt
nur vom Leben.

Dieser Leben athmende und gebende Organismus nimmt nun selbstverständlich zu seinem Aufbau, sowie zu seiner Erhaltung das Material
aus der Aussenwelt. Die Wechselwirkung zwischen den noch nicht lebenden
aber belebungsfähigen chemischen Molekulen der Aussenwelt und des lebenden Organismus nennt man Stoffwechsel. Man hielt bisher und zwar seit
Schleiden und Schwann ihre wichtige Entdeckung der organischen Zelle
zu Ende des dritten Decenniums in diesem Jahrhundert gemacht hatten,
eben diese Zellen für die kleinsten Arbeitsräume. Dieses ist aber nicht
richtig, gegenüber den chemischen Molekulen, in denen der Austausch
der chemischen Atome im lebenden wie im nicht lebenden Körper vor
sich geht, sind die Zellen, Zellenkerne und Kernkörperchen schon wahre
Kunst, Hoch- und Riesenbauten, die ja gerade aus dem Baumaterial der
chemischen Molekule aufgebaut werden. *) Zellen und ihre Theile wie

---

*) Eine gewisse Analogie zwischen dem chemischen Molekul der anorganischen
Welt und der lebenden Zelle der organischen Natur ist nicht zu verkennen. Die

ihre Abkömmlinge, die kann man mit einem guten Microscop alle sichtbar machen, chemische Moleküle aber nicht. Damit Sie indessen doch mittelst bestimmter Anhaltspunkte wenigstens nach einer Seite hin sich einen Begriff von der absoluten Grösse des chemischen Molekules machen können, lassen Sie sich Folgendes erzählen.

Bei Powell und Lealand in London sind gegenwärtig Microscope zu haben, mit denen man durch einen Linsensatz von $\frac{1}{50}''$ Fokaldistanz und mit dem 5. Ocular eine 15,000fache lineare Vergrösserung erzielen kann. Es ist dieses das Aeusserste, was die optische Technik bis jetzt erreicht hat. Sie sehen also, natürlich die Beleuchtung aufs Beste vorausgesetzt, an einem Gegenstand den 15,000. Theil von 1 Millimeter noch in der vollen Länge oder Breite von 1 Millimeter! Wenn nun nach den Versuchen von Tobias Meyer und Volkmann ein gutes Auge noch den 500. Theil von 1 Millimeter unterscheiden kann, so wäre man mit diesem Instrument im Stande ein Pünktchen von der Grösse, dass 15,000 mal 500 erst die Länge von 1 Millimeter belegten, zu unterscheiden. Da nun noch Niemandem gelungen ist, irgend ein Objekt unter ein solches Microscop zu bringen, das aus lauter solchen Pünktchen zusammengesetzt, sich dargestellt hätte, die man alsdann als die kleinsten stofflich gleichartigen Theilchen hätte ansehen können, so müssen wir nothwendig schliessen, dass die chemische Moleküle noch kleiner seien. Indessen setzen wir einen Augenblick den Fall, dieselben seien so gross, wie viel glauben Sie, dass ein einziger Cubikmillimeter in diesem Fall solcher Moleküle enthalten würde. Ein Cubikmillimeter ist nicht gross, hat etwa die Grösse eines Stecknadelkopfes einer Karlsbader Insektennadel. Wenn Sie die Zahl 15,000.500 dreimal mit sich selbst multipliciren, dann bekommen Sie die Anzahl dieser Moleküle. Diese Zahl schreibt man indessen mit nicht weniger als 21 ganzen Stellen, sie gehört also in die Klasse der Trillionen und beginnt mit der Zahl 421,8; also nicht weniger als 421 oder in runder Summe 400 Trillionen Moleküle enthielte ein Cubikmillimeter. Ich bitte dieses Resultat inzwischen im Gedächtniss zu behalten, bis wir auf die Minimalgaben der Homöopathie zu sprechen kommen.

Ich kehre wieder zurück zur Besprechung der Wechselwirkung zwischen den Molekulen und der Aussenwelt und denen des lebenden

---

Molekule sind die Elementartheile je der, vermöge ihrer gleichen chem. Zusammensetzung zusammengehörigen, stofflich verschiedenen Naturkörper. Die Zellen sind die Elemente der je einen Organismus zusammensetzenden lebenden Bestandtheile. Wie die chem. Atome die nächsten Bestandtheile des Molekuls, so sind die Zellenkerne die nächsten Bestandtheile der Zelle, und wie die Kernkörperchen die Zellenkerne, so setzen die Uratome die chem. Atome zusammen. Man könnte daher die Zelle ein lebendes Molekul und das Molekul eine anorganische Zelle nennen.

Körpers. Für gewöhnlich kommen nun nur solche chemische Molekule mit dem lebenden Organismus — lassen Sie uns von jetzt an ausschliesslich den Organismus des Menschen ins Auge fassen — in Berührung, die zum Wachsthum und zur Erhaltung seiner selbst dienlich sind, dieselben fassen wir unter dem allgemeinen Begriffe der Nahrungsmittel zusammen. Die objektiven und subjektiven Symptome dieses innerhalb einer gewissen Breite schwankenden Aufbaus und Umsatzes der organischen Masse des lebenden Körpers setzen denjenigen Lebenszustand des menschlichen Organismus zusammen, den wir Gesundheit nennen.

H. A., es fügt sich indessen ausnahmsweise doch, dass, sei es in Folge Absicht oder Zufall, statt der Nahrungsmittel auch andere Stoffe der Aussenwelt mit den Molekulen des lebenden Körpers in Conflikt kommen. Man nennt diese Stoffe im Gegensatz zu den Nahrungsmitteln, die man wohl auch indifferente Stoffe nennt, differente Stoffe und mit Beziehung auf eine mehr oder weniger lebensgefährliche Wirkung: Gifte, oder mit Rücksicht auf ihre Verwendung als Heilmittel: Arzneikörper. Es ist nun gar keine Nöthigung vorhanden anzunehmen, dass diese Stoffe etwa in ganz anderer Weise ihre chemischen Verbindungen eingehen und dadurch auf den lebenden Organismus einwirken als die Nahrungsmittel. Diese wie jene werden ganz wie in der anorganischen Welt sich mittelst ihrer polaren Anziehungskräfte den chemischen Molekulen des lebenden Körpers nähern und beide werden alsdann ihre chemischen Atome zu neuen Verbindungen austauschen, nur mit dem Unterschied, dass im einen Fall für den lebenden Körper brauchbares Material, das auch sogleich verwendet wird und etwa nebenher noch eine Art Bauschutt, der den allgemeinen Verkehrsanstalten der Blutbahn zum Export übergeben wird, aus diesen Stoffen hervorgeht, während im andern Fall unbrauchbares ja sogar schädliches Material für den Organismus entsteht.

Die Gesundheit aller objektiven und subjektiven ausserhalb der Breite des normalen Stoffwechsels vor sich gehender Symptome der Wechselwirkung zwischen den Atomen, Molekulen und Molekulmassen des lebenden Organismus und den Atomen, Molekulen und Molekulmassen der Aussenwelt nennt man Krankheit. Mag nun dieser Zustand seinen Sitz haben im Organismus, wo er will, sei es an den flüssigen oder festen Theilen, unter allen Umständen ist eine Störung des Zusammenhangs der Molekule, eine Dislocation derselben, der Anfang jeder Krankheit Wenn nun mittelst differenter Stoffe an dem Organismus, wie solches wirklich der Fall ist, stets ein ganz bestimmter, nur innerhalb einer gewissen Breite schwankender Symptomenkomplex hervorgebracht werden kann, so haben wir es in der Hand, solchen hervorzurufen. Stellen Sie sich nun vor, wir hätten verschiedene solche, ich möchte sagen physiologische Versuche gemacht, die Resultate genau notirt, zusammengestellt und dadurch eine Art Sammlung solcher Symptomenkomplexe angelegt. Jetzt trete auf einmal der Fall ein, dass ganz von selbst, wenigstens ohne Einfluss eines solchen differenten Stoffs, an einem Menschen ein solcher Symptomenkomplex sich bemerklich mache, wie wir ihn schon einmal in Folge Beibringens von einem ganz bestimmten differenten Stoff an dem gleichen Menschen zur Erscheinung gebracht haben. Es fragt sich nun: stehen diese beiden einander ähnlichen Symptomenkomplexe in einem ursächlichen Verwandtschaftsverhältnisse? Hierauf antwortet die alltägliche Erfahrung: gleiche Wirkungen können allerdings Folgen der gleichen Ursachen sein, müssen es aber nicht sein. Setzen wir indessen für dieses Mal den Fall, dass wirklich bei den krankhaften Symptomenkomplexen ganz die gleiche Dislocation der Molekule des lebenden Körpers zu Grunde liege: so entsteht nun die weitere Frage: stehen etwa die Molekule jenes differenten Stoffes und die gegenwärtig spontan dislocirten Molekule des Organismus in irgend einer wesentlich gegenseitigen Beziehung zu einander? Hierauf lautet die Antwort: Wenn es wahr ist,

1) dass jede Einwirkung chemischer Molekule auf chemische Molekule auf polarem Gegensatz beruht,

2) dass die chemischen Molekule des differenten Stoffes ganz die gleichen chemischen Molekule des lebenden Körpers in ähnlicher Weise aus dem Zustand der Gesundheit dislocirt **haben**, welche jezt von selbst im kranken Zustande des gleichen Körpers dislocirt **sind**: so stehen die chemischen Molekule jenes differenten Stoffes und die gegenwärtigen dislocirten lebenden Molekule des Organismus in **polarem Gegensatz**. Ist aber dieses der Fall, so werden dieselben auch gegenseitig sich anziehen, so bald die differenten Molekule in die Anziehungsphäre jener dislocirten lebenden Molekule kommen und sie werden dieses um so gewisser und um so kräftiger thun, wenn beide Arten von Molekule nicht nur überhaupt in polarem Gegensatz zu einander stehen, sondern ihre Atome auch noch gleichartig gruppirt sind, denn dann ständen beide Arten von Molekule noch überdiess in specifischer Beziehung. Würde nun Jemand, gestützt auf solche Betrachtungen, den Versuch wirklich machen, mittels der Molekule jenes entsprechenden differenten Stoffes der dislocirten Molekule des lebenden Organismus habhaft zu werden, um dieselben aus dem Körper ganz zu schaffen oder jedenfalls für den Gesammtorganismus unschädlich zu machen und würde dadurch wirklich Heilung von jenem Krankheitssymptomenkomplex erzielt: so wäre diese Heilung nach der Methode und im Sinne von Dr. Samuel Hahnemann zu Stande gekommen, welcher

zuerst den Satz aufgestellt hat: dasjenige Mittel, welches im gesunden Körper eine bestimmte Krankheit hervorbringt, ist auch im Stande, die gleiche Krankheit am kranken Körper zu heilen. Similia similibus curantur!

H. A., Sie sehen in welch einfacher Weise das bis jetzt völlig unerklärte und scheinbar unerklärliche, darum auch häufig kurzweg geläugnete Aehnlichkeitsgesetz sich löst, sobald wir nur den abnormen Stoffwechsel, den wir Krankheit nennen

1) bis auf seinen unvermittelten Schauplatz, in jene kleinsten Arbeitsräume, die chemische Molekule verfolgen,

2) die daselbst sich ereignenden Vorgänge als polare Bewegungserscheinungen auffassen und

um dieses mit Fug und Recht zu können,

3) sowohl die Atome als Molekule im Sinne meiner Fundamentalhypothese als gleichzeitige Inhaber sowohl der ihnen längst vindicirten Centralkraft als zweier einander entgegengesetzter polaren Anziehungskräfte anerkennen;

denn dann passen die Molekule des Heilmittels, zudem wenn dasselbe das zugehörige Specificum ist, und die des kranken Organismus auf- und zu einander wie Type und Matrize, Schlüssel und Schloss, Schraube und Schraubenschlüssel.

H. A. Ich komme nun zur Besprechung der Minimalgaben der Homöopathie. Von jeher war die Unbegreiflichkeit der Wirkung der homöopathischen Minimalgaben der allergrösste Stein des Anstosses den Männern der exacten Wissenschaften gegenüber, für die wissenschaftliche Anerkennung der Hahnemann'schen Lehre. Der grosse Mathematiker und Physiker Archimedes hatte, nachdem er das Gesetz des Hebels entdeckt hatte, bekanntlich einmal die Kühnheit den Gedanken auszusprechen: δος μοι που στω και κινεσω την γην, gieb mir worauf ich stehe und ich bewege die Erde. Wenn Sie von mir Aufklärung darüber verlangen, wie auch noch milliontel und billiontel Theile eines Milligramms als Arzneistoff sollen wirksam sein können, mir aber keinen andern Standpunkt einzunehmen erlauben würden, als den dermalen noch allgemein anerkannten über die Grundeigenschaften der Materie, dann gehen wir heute Abend bezüglich dieses Punktes unverrichteter Dinge auseinander, das kann ich Ihnen so wenig erklären, als es bisher einem Menschen gelungen ist, einen Mann der strengen Forschung von einer solchen Möglichkeit zu überzeugen. Wenn Sie mir aber erlauben, mich auf jenen Isolirschemel zu stellen, den Sie als meine Fundamentalhypothese kennen, so glaube ich Ihnen die Wirksamkeit derselben so begreiflich zu machen, als ich mich bemüht habe, Ihnen, wie ich wenigstens meine, auf eine einfache Weise das Aehnlichkeitsgesetz durchsichtig ge-

macht zu haben. Die Thatsache, dass die Wirkung der unpolaren Anziehungskraft der ponderabeln Materie, d. h. ihr Gewicht in gleichem
Maasse zunimmt, als ich deren Masse vermehre, zusammengestellt mit
der weiteren Thatsache, dass umgekehrt überall da, wo wir die Aeusse-
rungen der polaren Anziehungskräfte der Materie, wie dieselben sich
bei der chemischen Vereinigung und chemischen Trennung der Molekule
sich zeigt, zur Erscheinung bringen wollen, die Masse verkleinern und
die Oberfläche vergrössern müssen, lässt sich in Gesetzesform also fassen:
Wie die Wirkungen der unpolaren Centralkraft der Ma-
terie proportionial der Masse sind, so sind die Wirkungen
der polaren Wahlkräfte proportional der Oberfläche. Das
Maximum der Oberfläche gewinnt aber jeder Naturkörper dadurch,
dass er bis in alle seine Molekule aufgelöst wird. Weiter kann die
Oberflächenvergrösserung ohne Zerlegung der gleichartigen kleinsten
Theile nicht getrieben werden. Glauben Sie aber ja nicht, dass mit der
Auflösung in Molekule schon alles abgemacht sei, bezüglich der even-
tuellen Wirkung der chemischen Molekule. Sie ist weiter nichts als die
nothwendige Vorbedingung dazu, dass überhaupt eine chemische Verbindung eintreten kann. Das numerische Verhältniss, in welchem Molekule
gegen Molekule auftreten, ist bezüglich der Endwirkung wie eine Masse
einschlägiger Untersuchungen, die der Neuzeit angehören, bewiesen haben, gar nicht gleichgültig. So wenig durch Massenzunahme die polaren Kräfte der Molekule vernichtet werden können, gerade so wenig
ist die Auflösung der Masse in Molekule im Stand, die unpolaren Centralkräfte zu vernichten, was alles sich eigentlich nach dem Princip der
Erhaltung der Kräfte von selbst versteht. An den zu Massen vereinigten Molekulen nennt man diese Centralkraft Schwerkraft, an den zu
Molekulen aufgelösten Massen Molekularkraft und ihre Specialnamen
heissen Cohässion, Adhässion, Capilarität, Endosmose, Hydrodiffussion etc.
So lange nun eine sehr grosse Menge chemischer Molekule auf ganz
engem Raum bei einander sind, wie dieses sein muss, wenn irgend ein
chemischer Stoff in concentrirter Auflösung sich befindet, so ist es ganz
unvermeidlich, dass nicht eine Masse Gränzflächen der chemicchen Molekule an einander haften und dadurch als polare Kräfte nicht zur Gel-
tung kommen können. Verbinden wir also mit dem Wunsche, dass
die chemische Molekule nicht nur überhaupt auf einander wirken, noch
den weiteren, dass namentlich bloss diejenigen chemischen Verbindungen entstehen, deren Molekule aus chemischen Atomen bestehen, die
eine mehr weniger ähnliche oder gar gleiche Gruppirung ihrer Uratome
haben, bei möglichst grossem polarem Gegensatz, d. h. eine specifische
Wirkung auf einander ausüben, sei es als Reagens im Laboratorium
oder als specifisches Arzneimittel im lebenden Körper, so bin ich geradezu genöthigt, die einzelnen chemischen Molekule räumlich aus-

einander zu halten, d. h. die Auflösung der chemischen Stoffe zu verdünnen. Nur dann, wenn alle Gränzflächen des chemischen Molekuls frei sind und die Molekule als Individuen und nicht als die durch die unpolaren Molekularkräfte seiner gleichartigen Nachbarmolekule zusammengehaltene Vielheiten von Individuen auftreten, wird sich immer vorzugsweise diejenige Gränzfläche dem fremden Molekule zuwenden, welche mit der ihr entgegenstehenden Gränzfläche des fremden Molekuls die ähnlichste Gruppirung und den grössten polaren Gegensatz bildet, denn nur diese beide Eigenschaften verleihen den also beschaffenen Molekulen noch die Kraft gegenseitiger polarer Anziehung, wo jedes andere Molekul als Individuum gegenüber dem gleichzeitigen Einfluss der Molekularkräfte der Nachbaratome keine polare Anziehung mehr äussern könnte. Dieses alles sind aber gerade die Umstände, wo die Wirkung der unpolaren Centralkraft ein Minimum, die der polaren Anziehungskräfte aber zum Maximum, d. h. zur specifischen Wirkung wird.

H. A. Dieses alles vorausgeschickt, erlaube ich mir, Ihnen die aus der Beobachtung microscopischer Objekte mit eiserner Consequenz gefolgerte Thatsache in Erinnerung zu bringen: dass in 1 Cubikmillimeter oder gleichgesetzt 1 Milligramm Stoff jedenfalls mehr, möglicher Weise sogar sehr viel mehr als 400 Trillionen chemischer Molekule enthalten sind. Nehmen wir nun nach der gewöhnlichen allgemeinen Annahme an, dass ein erwachsener Mensch 20 Pfund = 10 Kilogrammes Blut enthalte, so kommen auf 10 Millionen Milligrammen Blut (= 10 Kilogrammes) 400 Trillionen chemischer Molekule differenten Stoffs, wenn ich in den Kreislauf eines erwachsenen Menschen nur ein einziges Milligramm Arzneistoff einbringe. In diesem Fall kommen dann auf 1 Milligramm Blut nicht weniger als 40 Billionen, bei dem millionten Theil von 1 Milligramm, gleichgesetzt 10 Theilen der 6. homöopathischen Verreibung noch 40 Millionen und bei 10. Theilen der 12. homöopathischen Verreibung immer noch 40 fremde Molekule und 1 Milligramm Blut. Ich frage nun, wenn ich auf einmal 40 mal 10 Millionen = 400 Millionen chemische Molekule differenten Stoffs und dieses ist dennoch nicht mehr als der billionte Theil von 1 Milligramm Arzneistoff in Auflösung in die ganze Blutmasse bringe, wovon aber jedes einzelne Molekul polar gleichwerthig ist dem einzelnen Molekul des lebenden Körpers, gleichsam ein bewaffneter Soldat, der nur auf den Augenblick wartet, wo er von der Blutbahn getragen, gerade das ihm ähnlichste polar aber entgegengesetzte Molekul angreifen kann — ich frage, ist ein solches Invasionsheer streitbarer chemischer Individuen keine Macht, die am rechten Platz verwendet, sollte etwas ausrichten können? Wenn Sie mich aber fragen: wo ist aber der rechte Platz für diese Molekule? so antworte ich Ihnen sogleich darauf: da und nur da ist der rechte Platz für sie, wo sie Molekulen begegnen, deren

Atome die mit den ihrigen gleiche Gruppirung bei grösstem polarem Gegensatz haben, d. h. die mit ihnen in specifischer Beziehung stehen. Ausserhalb dieses Platzes sind sie wegen der gleich Null zu achtenden Wirkung ihrer unpolaren Centralkräfte wirkungslos. Muss man denn alles mit leiblichen Händen und Augen beziehungsweise greifen und sehen, ist die Monade nicht gerade so gut ein lebendes Wesen, wie der Walfisch? Die Erforschung der Natur ist bereits auf ihrem unendlichen Gebiete so weit vorgedrungen, dass uns unser leibliches Auge, in welch raffinirter Weise wir es auch schärfen mögen, oft nicht mehr als Führer dienen kann. Vorwärts dringen müssen wir aber, das nützt alles nichts, da bleibt uns nichts übrig in vielen Fällen, als das geistige Auge der Vernunft. Es ist ein durchaus sicherer Führer, allein sein richtiger Gebrauch, das ist nicht zu läugnen, erfordert unsererseits die alleräusserste Vorsicht damit nicht

Sinn zu Unsinn, Wohlthat Plage wird;

um mit dem Dichter zu sprechen.

Man hört so oft von Gegnern der Homöopathie über die homöopathischen „Nichtse," eine Schöpfung des Herrn Professor Bock in Leipzig spotten. Es ist wahr, diese Molekule als einzelne Individuen sind freilich nichts — namentlich nichts zum dreinschlagen, nichts zum reiten, nichts zum fahren, nichts zum essen und nichts zum trinken; allein sie sind ein Etwas und gar ein sehr Etwas, wenn sie an dem Platz sind, wohin sie gehören, in jenen kleinsten stillen Arbeitsräumen wohin sie Mutter Natur zu ihrer Thätigkeit beruft, dort üben dieselben eine Macht aus, dort können sie dem leidenden Menschen Hülfe bringen und dort erfüllen sie ihre Bestimmung in einer Weise, wie gewiss selbst Herr Professor Bock als ganz gescheiter Mann sie nicht besser erfüllen konnte. Das eben ist es, wodurch allen Werken und allen Wirkungen der Natur der Stempel der Vollkommenheit aufgedrückt ist, dass immer mit den einfachsten Mitteln die grössten Wirkungen erzielt werden. Wägen Sie diese chemischen Molekule der homöopathisch gereichten Arzneistoffe, so haben Sie allerdings nichts, zählen Sie dieselben aber z. B. nur diejenigen Molekule, welche im billionten Theil von 1 Milligramm enthalten sein müssten, wenn dieselben sogar noch so gross wären, dass wir sie mit unseren besten Microscopen noch sehen könnten, was aber nicht der Fall ist; so hätten Sie, wenn Sie Sekunde um Sekunde 1 Molekul abzählten und Tag und Nacht fortmachen könnten und wollten, nicht weniger als 12 Jahre und 7 Monate mit dieser Inventarisation der Molekule zu thun. Ueberlegen Sie alles dieses, so werden Sie gewiss dem Herrn Professor Bock so wenig als ich gram sein, dass er seine „Nichtse" und Gott die Welt trotz Bock und mit Bock gerade so erschaffen hat, wie sie ist.

Im Vorhergehenden glaube ich die beiden Hauptgrundsätze der

Homöopathie als korrekte Folgerungen aus meiner Fundamentalhypothese abgeleitet und klar gestellt zu haben. Ich glaube den Beweis geliefert zu haben, dass das, was Dr. Samuel Hahnemann als Resultate seiner Erfahrung zu Lebzeiten bekannt gemacht hat, durchaus nicht schon deswegen angezweifelt oder abgeleugnet werden **muss**, weil diese Erfahrungen als allen Naturgesetzen widersprechende Unmöglichkeiten anzusehen sind. Dieselben **scheinen** blos denselben zu widersprechen, stehen aber gegentheils mit denselben im vollsten Einklang, allerdings unter der Voraussetzung, dass meine Hypothese richtig ist. Von der Möglichkeit der Wirksamkeit eines Mittels und der Richtigkeit eines Heilprincips bis zur Wirklichkeit ist indessen noch ein grosser, weiter Schritt. Mir war es vorbehalten, diesen Schritt von dem in der That zweifelhaften Glauben bis zu der vollen Ueberzeugung von der Wirksamkeit der homöopathischen Minimalgaben in einer Weise zu thun wie solches unter 10.000 Fällen *) kaum 1 mal vorkommt.

Vor etwa Jahr und Tag traf sich der Zufall, dass eine Frau, in deren Haus ich häufig kam, schon längere Zeit an Zahnweh, geschwollenem Gesicht, Zahnfleischentzündung abwechselnd heimgesucht wurde, jedoch in einer Weise, die man nur Unpässlichkeit, nicht aber Krankheit nennen konnte. Ich rieth ihr mehr scherzweise wenigstens homöopathische Tropfen zu versuchen, nütze es nichts, so schade es doch auch nichts. Ich ordinirte ihr nach Jahrs Repertorium Arnic. 3 mit Wasser gemischt 1 Scrupel auf 3 Unzen destillirtes Wasser. Hierauf, ich lasse ganz dahingestellt, ob in Folge hiervon oder nicht, bildete

---

*) Wenn deshalb ein oder der andere meiner hochverehrten Herrn Collegen einen Versuch mit homöopathischen Minimalgaben an seinen Patienten machen wollte und etwa dabei erwartete, dass ihm sogleich in den ersten 8 Tagen ein solcher Fall eklatanter Wirksamkeit homöopathischer Minimalgaben vorkomme, wie der nachstehend von mir erzählte, so möchte ich demselben freundschaftlich rathen, von einem solchen Vorhaben lieber abzustehen, wenn er nicht um eine weitere Täuschung in seinem Leben reicher werden will. Gegenüber einer solchen anspruchsvollen Erwartung erlaube ich mir die einfache Frage zu stellen: wie viel Recepte muss wohl im Durchschnitt ein Arzt, sogar höchst promovirter Qualität, sei es in Maximal- oder Minimalgaben, verschreiben, bis er — die Hand auf's Herz gelegt — wenn er nicht blos ein fachwissenschaftlich gebildeter Mann, sondern zugleich auch ein ehrlicher Mensch und kein Schwindler ist, sich sagen kann und muss: **Diesesmal bin ich auf's innerste selbst überzeugt, dass nicht post hoc, sondern propter hoc mein Patient genesen ist?!** — —

Was nun der Heilkunst mit Maximalgaben als selbstverständlich stillschweigend aller Orten zuerkannt wird, wird dann wohl die specifische Heilkunst mit Minimalgaben billiger Weise auch für sich beanspruchen dürfen, ohne dass ihr solches als Anmassung ausgelegt werden kann. Zeichen am Himmel und Wunder geschehen nicht deswegen mit einemmal, wenn ein ärztliches Menschenkind, wess' Standes und Namens es immer sein möchte, versuchsweise einmal auf gut Glück einem seiner Patienten Sulph 6 verschreiben und geben wollte.

sich ein Abscess im Zahnfleisch, der den andern Tag geöffnet wurde. Nun zog sich die Sache in den Hals, die Frau bekam eine heftige Angina, gegen diese verordnete ich Belladonna 3 und die Frau nahm am Abend noch ½ Scrupel der 3. Verdünnung $= ^1/_{100}$ Tropfen der Urtinktur und dieses selbst noch mit Wasser vermischt auf etwa 4 mal in stündlichen Gaben. In der Nacht entwickelten sich zuerst nun heftige Kolikschmerzen, hierauf folgten circa 20 zuletzt mit Blut gemischte Dejectionen, so dass die an meiner Kunst verzweifelnde Frau zu meinem Kollegen schickte, welcher die Sache mittelst einer gewöhnlichen Emulsion wieder in Ordnung brachte. Auch Kafka in Prag bekam einmal einen Fall von Idiosyncrasie gegen Belladonna zur Behandlung; das Nähere ist in seinem Werk nicht angeführt. Leichte ähnliche Fälle kamen mir noch 2 mal mit Belladonna und erst kürzlich 1 mal mit Strammon vor. Obiger Fall beschäftigte mich nun Tag und Nacht, ich war jezt vollständig überzeugt von der Wirksamkeit, beziehungsweise Wirkungsfähigkeit der homöopathischen Minimalgaben, ohne dass ich mir die geringste Rechenschaft davon für den Augenblick zu geben wusste, bis ich sowohl das Aehnlichkeitsgesetz als die Wirkung der Minimalgaben mir vom Standpunkt meiner Fundamentalhypothese aus zurecht legte. Wäre obiger merkwürdige Krankheitsfall nicht gerade mir in der ärztlichen Praxis vorgekommen, so würde schwerlich diese Fundamentalhypothese von meiner Seite in die Welt hinaus geschickt worden sein. Obgleich ich schon, wie bereits erwähnt, vor fünf Jahren den gleichen Gedanken hatte und von der inneren Wahrheit desselben je länger je mehr für meine Person überzeugt war, so war ich doch schon damals nicht mehr jung genug, um zu glauben, derselbe werde als rein theoretische Anschauungsweise von mir aus auch nur entfernt Propaganda machen — treiben sich doch derzeit eine Masse Ideen über die Constitution der Materie wie heimatlose Findelkinder auf dem Markt der Literatur umher, ohne dass auch nur ein Mann von Bedeutung daran denkt, sie zu adoptiren. — Dagegen fühle ich mich andererseits auch nicht alt genug, um nicht die Hoffnung zu haben, dass die praktische Verwerthung des nämlichen Gedankens, der ein empirisch längst eingebürgertes und vielseitig hochgeschätztes, aber wegen seiner theoretischen Unbegreiflichkeit dennoch wissenschaftlich nicht anerkanntes Heilverfahren, auf einmal wie mit einer Brandfackel erleuchtet, auch so viel Persönlichkeiten an Zahl und Gewicht für sich gewinnen werde, die es dahin zu bringen wüssten, dass an massgebender Stelle endlich einmal die für Leben und Lebenseinrichtungen damit folgerichtig zusammenhängenden Massnahmen in ernstliche Erwägung gezogen werden. Im Hinblick hierauf und als eine Kette weiterer Beweise für die Richtigkeit der von mir gegebenen Aufklärung des homöopathischen Heilverfahrens zugleich habe ich mich

nun doch entschlossen, die im Manuscript innerhalb fünf Jahre mannich-
fach umgearbeitete, nunmehr aber druckbereite Schrift, in welcher ich
sämmtliche einschlägige Gebiete der Physik und Chemie im Sinne
meiner Fundamentalhypothese zu beleuchten versuchen werde, in näch-
ster Zeit zu veröffentlichen. Es soll sich dabei herausstellen, dass diese
Grundansicht nicht nur etwa gut und ausgedacht ist, um das homöopathische
Heilverfahren zu begreifen, sondern dass diese Grundansicht über die
Beschaffenheit der Materie gerade so stichhaltig und brauchbar zur
Aufklärung ganz anderer theilweise noch ebenso wenig aufgeklärter
Naturerscheinungen ist, ich hebe hier vor allem das Räthsel aller Räthsel:
die Erscheinungen des Erdmagnetismus in erster Linie hervor, welche da-
durch eine ganz im Sinn der grossen Koryphäen, eines Ed. Sabine, eines
Airy, eines Lamont, eines Secchi entwickelte von ihnen längst ausgespro-
chene aber von keinem derselben näher bezeichnete Deutung bekommen.

<hr>

H. A., nach dem was ich Ihnen von der Homöopathie als meine
Ueberzeugung gesagt habe, könnten Sie nun leicht die Meinung fassen,
dass ich diese Heilmethode als die durchweg ausreichende und also
allein berechtigte halte, dass namentlich die Verwendung der Arzneimittel in allopathischen Maximalgaben durchaus entbehrt werden könnten.
Sie könnten vermuthen, ich werde nun so recht nach Renegatenmanier
mit allen meinen Kräften gegen die Heilmethode, in der ich aufgewach-
sen bin, losziehen, ihre Schwächen blos legen und die Homöopathie als
die allein Heil und Segen bringende Methode hinstellen wollen. In
allem diesem würden Sie sich höchlich täuschen, weder das eine noch
das andere kam mir je in den Sinn, ich würde ja damit augenblicklich
meinem eigenen Grundgedanken untreu werden, der da heisst: alle Wirkung der physischen Kräfte hienieden ist die Summe von zwei Summen-
den, von denen der eine alle Wirkungen der polaren und der andere
alle Wirkungen der unpolaren Bewegungserscheinungen zusammenfasst.
Dieser Satz hat so gut seine Berechtigung im Conflikte der Kräfte der
anorganischen Welt mit denen der organischen, also beim Stoffwechsel,
der Gift- und Arzneiwirkung als bei den chemischen Processen zwischen
den rein anorganischen Molekulen. Ist dieses aber der Fall, so müssen
abnorme Bewegungserscheinungen am menschlichen Körper, deren Ursachen entweder ganz oder doch überwiegend ihren Grund in den unpolaren Kräften haben, auch mit unpolaren Kräften, sei es mittelbar oder
unmittelbar bekämpft werden.

Was wollte ein Homöopathe mit der therapeutischen Verwendung
der exclusiv polaren Kräfte der ponderablen Atome beginnen, wenn er
zu einem Kranken gerufen würde, wie einsmal ich, dem plötzlich in
Folge eines kurz vorher durch eine heftige Brechruhr erlittenen grossen
Säfteverlustes das Blut in der grossen Schenkelarterie des rechten

Fusses geronnen war und diese Arterie pulslos machte. Hier ist doch offenbar ein mechanisches Hinderniss, das gehoben werden muss und das hiezu zu verwendende Mittel muss offenbar im Sinne der Hydraulik mittelst richtiger Verwendung der unpolaren Schwerkraft der Atome und Molekule wirken und nicht im Sinn der polaren Kräfte derselben. Nach verschiedenen nutzlosen Versuchen, die mein Collega und ich an dem Patienten machten — wie wir armen Aerzte nun schon einmal vom Schicksal dazu ausersehen sind, uns allemal da und dann am geschäftigsten und fruchtbarsten an Recepten zu zeigen, wann und wo wir am wenigsten wissen — überlegte ich mir die Sache nochmals und trat darauf mit einem ganz andern Plan vor den Patienten. Habe.i Sie auch schon Wein getrunken, Herr Maier? fragte ich denselben. Ja, ich trinke dann und wann Wein. — Ja, wissen Sie, Herr Maier, nicht nur so ein klein wenig. — Als ich Zimmergeselle in der wälschen Schweiz war, da konnte ich schon meinen Mann stellen, das ist jetzt aber schon acht Jahre her. Nun so trinken Sie von jetzt an alle halbe Stunden einen halben Schoppen des besten Landweins. Es war etwa 6 Uhr Abends als diese Weinkur ihren Anfang nahm und pflichtmässig eingehalten wurde. Um 10 Uhr etwa, als ich den Kranken besuchte, hatte sich in der Hauptsache noch nicht viel geändert, trotz der 3—4 Schoppen Weinarznei, die der Mann bereits zu sich genommen hatte. Ganz anders aber stand die Sache, als ich meinen Patienten am Morgen des andern Tages sah. Mit scharlachrothem, vor Vergnügen strahlendem Gesichte und glänzenden Augen in einem, wenn ich es sagen darf, Hagelrausch, lag der Kamerad, ein 28jähriger Zimmermeister im Bett. Er, der vorher die rasendsten Schmerzen in seinem Fusse zu erdulden hatte, fühlte so gut wie keinen Schmerz mehr, lachte, gestikulirte und war ganz guter Dinge, viel besserer als er nach seinem Zustand eigentlich zu sein nothwendig hatte. Der gute Mann hatte richtig in diesen 16 Stunden, seit die Kur begonnen hatte, die Kleinigkeit von 16 Schoppen Heilbronner Clevner Wein vom Jahr 1865 getrunken. Schon aber konnte ich kleine Pulsationen in der Hauptarterie des Fusses fühlen. Die aufs höchste gesteigerte Pumpkraft des Herzens hatte den Pfropf wahrscheinlich in kleinere Stückchen gespalten und vorgeschoben, auch möchte ein Theil derselben wieder aufgelöst worden sein, neben dem dass der Seitenkreislauf mit grösster Energie eingeleitet wurde. Ohne mich weiter um den Rausch zu bekümmern, als dass ich dem Mann kalte Umschläge über den rothen Kopf machen liess, machte ich mit der Weinkur allerdings in stark ermässigtem Grade fort und in zwei Tagen war der Mann der Hauptsache nach gerettet, während, wenigstens soweit mir die Literatur bis zum Jahr 1866 bekannt und zugänglich war, kein gleicher Fall bekannt wurde, der nicht entweder mit dem Verlust des Lebens oder zum wenigsten eines Theiles des Fusses geendet hätte. Sie sehen, H. A., alles in der Welt hat seine Zeit, selbst der Rausch, hier rettete er einem Menschen das Leben, ein anderesmal ist er des Katzenjammers nicht werth. — Ebenso verfehlt wäre es, wenn ein Homöopath bei einer acuten Arsenikvergiftung statt Eisenoxydhydrat oder Magnesiamilch, in homöopathischen Minimalgaben das homöopathische Gegenmittel gegen Arsenik, China geben wollte.

Es ist desshalb auch meine feste Ueberzeugung:

1) dass man unter keinen Umständen die allopathischen Maximalgaben ganz entbehren kann. Es kann nämlich gar leicht die Heilkunst die Aufgabe haben, nicht sowohl Gebrauch zu machen von der ausschliesslich s p e c i f i s c h en Wirkung der Arzneimolekule, welche, wie schon erwähnt, von ganz besonderen Umständen, unter welchen die polaren Anziehungskräfte thätig sind, abhängt, als vielmehr von einer s t a r k e n *),

---

*) Um ja nicht missverstanden zu werden, wenn ich dem Begriffe der Specificität dem der Stärke gegenüber stelle, so sei hiemit ausdrücklich bemerkt, dass damit kein Gegensatz, wie Quale und Quantum bezeichnet werden soll, dass die starke Wirkung eines Arzneimittels so gut ein Quale ist wie die specifische Wirkung. Bei der starken Wirkung dehnt sich die polare Wirkung der chemischen Molekule und Atome nur auf eine grössere Anzahl von Molekulen und Molekularten aus, bei der specifischen Wirkung soll sich die Wirkung des Arzneimittels (im Ideal aufgefasst) nur auf ei n o ganz bestimmte Art von Molekulen ausdehnen. Opium Bellad., Hyosc, Lactuca, Stramonium wirken in Maximalgaben alle auf gewisse Nervencentra zuerst erregend, dann lähmend, man nennt sie deswegen miteinander narcotica. Dieses ist wohl die ihnen gemeinschaftliche Arzneiwirkung, die sich aber erst zeigt, wenn wir sie in erheblicher Dosis geben. Die jedem einzelnen Molekule dieser verschiedenen Stoffe als s o l c h e m zukommende Wirkung ist es aber nicht. Diese äussert sich erst für jeden Stoff dann, wenn er in Minimalgaben gegeben wird. Alles ganz so wie in der Chemie, ich kann mit Ammonium und den reinen Alcalien alle basische Metalle und den grössten Theil der Metalloide aus ihren Auflösungen zumal niederschlagen i. e. angreifen und zersetzen, wenn sie alle bei einander wären, wie die differenten Stoffe alle Molekule, die einen lebenden Körper zusammensetzen, treffen, wenn sie demselben beigebracht werden, wo es gar nichts braucht, um einen sehr grossen Theil derselben anzugreifen, als dass ich genug differenten Stoffs verwende. Die specifische Wirkung von Ammonium und den Alkalien ist dieses aber nicht, diese ist eher in ihren Beziehungen zu den Platinsalzen zu suchen. Ganze Reihen von Molekulen und Molekularten, wahrscheinlich ganz der verschiedensten Gruppirung ihrer Atome kann ich angreifen, ja sogar bin ich im Stand, mit jedem differenten Stoff, habe er Namen welchen er wolle, letztlich ein und die gleiche Wirkung, i. e. den Tod des Individuums zu erzielen, nur brauche ich bei diesem Stoff hiezu etwa 1 Unze, bei einem andern nur 1 Gran. Stark und specifisch sind also nur graduelle Unterschiede der qualitativen Wirkung ein und des gleichen differenten Stoffes. Bei der rein specifischen Wirkung wird die Stärke, bei der stärksten Wirkung die Specificität zum Minimum. Den Grund hievon, der in nichts anderem liegt, als in der mit der Gabengrösse wechselnden Verschiedenheit des gegenseitigen Einflusses der polaren und unpolaren Anziehungskräfte der Molekule und Atome werde ich an einem andern Orte eingehender besprechen.

wenn auch weniger specifischen Wirkung. Eine starke auf eine grössere Anzahl von Molekulen und Molekularten des lebenden Organismus ausgedehnte Wirkung ist dagegen nur möglich durch Anwendung einer grossen Masse von Arzneimolekulen. In gleichem Maass als in diesem Fall die Wirkung an Specificität verliert, gewinnt sie an Stärke, beide stehen mit einander, Ausnahmsfälle, die man Idiosyncrasien nennt, abgerechnet, im umgekehrten Verhältniss. Zu Benützung solcher Maximalgaben werden wir ganz besonders gedrungen sein: 1) durch die Stärke, i. e. die vereinigte Ausdehnung und Heftigkeit des Krankheitssymptomenkomplexes, ganz besonders dann, wann derselbe seine Ursache überwiegend in unpolaren Bewegungskräften hat; 2) in allen denjenigen Fällen, wo wir eine specifische Beziehung zwischen einer Krankheit und einem bestimmten Arzneimittel noch nicht kennen, also eine andere als die specifische Heilmethode anwenden müssen, wenn wir überhaupt einen Heilversuch machen wollen. Ich bin ferner vollkommen überzeugt:

2) dass es ein Gebiet von Krankheitsfällen giebt, wo man mit Aussicht auf Erfolg Arzneigaben sowohl in Maximal- als Minimalgaben anwenden kann. Denn ausgehend von meinem Grundsatz, dass jede Gesammtwirkung physischer Kräfte zusammengesetzt ist aus der Summe aller Theilwirkungen der unpolaren und aus der Summe aller Theilwirkungen der polaren Anziehungskräfte, muss es Fälle geben, wo der eine Summand für das Leben so wichtig ist als der andere, so dass es möglicher Weise angezeigt sein kann, nach einander von Maximal- und Minimalgaben Gebrauch zu machen, wie auf anderer Seite die alltägliche Erfahrung lehrt, dass ein und die nämliche Krankheit mit Maximal- und Minimal-Arzneimitteln erfolgreich behandelt wird, ohne dass immer über allen Zweifel erhaben ist, welche Behandlungsart grössere Erfolge sich zuschreiben kann. Dass indessen die Behandlung mit Minimalgaben, gleiche Erfolge der Behandlung vorausgesetzt, jedenfalls den Vorzug für sich hat, dem Patienten eine angenehmere und ungefährlichere Procedur zu sein, darüber wird, dünkt mich, die leidende Laienwelt, wohl ein competenteres Urtheil zu fällen im Stande sein, als wir Recepte schreibende Doctoren, inclusive selbst der uns hülfreich zur Seite stehenden und Recepte machenden Apotheker.

Ingleichen bin ich aber weiter vollkommen überzeugt:

3) dass es ausserdem noch recht viele Symptomenkomplexe giebt und dass gerade unter diesen die schwierigst zu behandelnden sich befinden, bei welchen das specifische Moment zwischen Heilmittel und erkranktem organischem Molekul herausgefunden werden muss, wenn Heilung erfolgen soll. Diese Fälle können somit unter keinen Umständen anders als mit specifischen Minimalgaben behandelt werden.

Da nun die gleichen Symptomenkomplexe ganz gut Wirkungen von ganz verschiedenen Ursachen sein können und ebenso die verschiedensten Arzneimittel bis zu einem gewissen Grad ganz ähnliche, ja gleiche Symptome am gesunden Körper hervorbringen können; so geht daraus die nothwendige Folge hervor, dass die umfassendsten und eingehendsten Kenntnisse in der Arzneimittellehre, die vollständige Durchbildung in den physiologischen Wissenschaften wie eine grosse technische Geschicklichkeit in Handhabung aller diagnostischen Hülfsmittel von Seite des Arztes dazu gehören und ebenso von Seiten des Patienten alles Vertrauen und eine nachhaltige Beharrlichkeit, um gerade in jenen chronischen Fällen noch Erfolge zu erzielen, die von je der Menschheit ganzer Jammer waren, die vom Norden zum Aequator von der östlichen bis zur westlichen Halbkugel von jeher die armen Menschenkinder um Hülfe gejagt haben. Es wird freilich für alle Zeiten unheilbare Krankheiten geben, allein da wo schon lange nichts mehr auszurichten ist mit sogenannten allopathischen Kuren, wird sich das Feld einer segensreichen Thätigkeit für die specifische Heilwirkung der Arzneimittel immer mehr und mehr erweitern, je mehr wir namentlich durch eine gründliche mit den grossen diagnostischen Hülfsmitteln der Jetztzeit ausgeführte Revision des gesammten Arzneischatzes und zwar dem Wesen nach ganz nach der Methode und im Sinne Dr. Samuel Hahnemann's, wie durch die Fortschritte der physiologischen Wissenschaften andererseits, extensiv wie intensiv, auch Fortschritte in der Einsicht in die specifischen Beziehungen zwischen der anorganischen und organischen Natur, Arzneimittel und lebenden Körper machen. Als einen ganz kleinen Beweis, was die specifische Heilmethode da noch ausrichten kann, wo die Verwendung allopathischer Maximalgaben durchaus versagte, will ich nur kurz aus meiner eigenen Erfahrung eines Falles gedenken, der ein Mädchen betrifft, das offenbar an einer Neurose der Respirationsnerven litt und zwar unter der Form von krampfhaften alle 10 Minuten sich wiederholenden, höchst geräuschvollen auf 100 Schritte und mehr hörbaren bellenden Exspirationen, so lästig, dass sich selbst die Nachbarschaft beschwerte. Zwei Jahre hatte das Uebel bestanden. Patientin wurde wochenlang nach ihrer Aussage in der Universitätsklinik zu Zürich, später mit allen möglichen allopathisch in Maximalen verwendeten Mitteln von mir vergeblich behandelt. Durch technische Anwendung des konstanten Stromes konnte ich nur so viel erreichen, dass kein Anfall während der Applikation stattfand. Eine ganze Reihe von homöopathischen Mitteln wurden im Laufe von drei Monaten gleichfalls umsonst versucht, endlich brachte mich die Lectüre nicht eines homöopathischen, sondern eines allopathischen Journals (entweder der Berliner Wochenschrift oder des medicinischen Centralblattes) auf die versuchsweise

Anwendung eines dort als durch Zufall hülfreichen Mittels in einem Falle, der einige physiologische Aehnlichkeit mit dem meinigen hatte. Ich wendete das Mittel, das in nichts bestand, als unserem allbekannten Senfsamen zuerst in schwachen allopathischen Gaben als Aufguss an, es erfolgte eine bedeutende Verschlimmerung. Diess brachte mich indessen entfernt nicht aus der Fassung, ich hatte eine Freude daran, wenigstens einmal ein Mittel gefunden zu haben, das sichtlich reagirte, ich liess eine homöopathische Tinctur aus Senfsamen bereiten, die dritte Verdünnung machte keine Wirkung mehr; dagegen verschaffte die verdünnte Urtinktur, mehrmal täglich genommen, sichtlich Hülfe und in weniger Tagen, als bis dahin das Mädchen Monate hindurch gelitten hatte, vom 17. Juni bis 2. Juli 1870, war die Patientin mit circa 150 Tropfen auf 17 Tage vertheilter Urtinktur von Sinapis von ihrem Uebel befreit.

Von fremden Fällen erinnere ich nur an die so berühmt gewordene homöopathische Heilung einer von dem berühmten Augenarzt Jäger und Hofrath Flaser diagnosticirten Augenkrebses des Generalfeldmarschalls Radczky durch Stabsarzt Hartung.

Indessen geht meine Ansicht dennoch dahin:

4) dass Homöopathie und Allopathie weder einzeln für sich, noch beide zusammen das sind, was man Heilkunde und Heilkunst nennt. Die letztere, die Therapie, ist stets von dem jeweiligen Standpunkt aller übrigen physiologischen Wissenschaften abhängig. Homöopathie und und Allopathie sind nichts weiter als Ausdrücke für verschiedene Auffassungen der den Arzneimitteln zukommenden Einwirkung auf den menschlichen Organismus und der folgerichtig damit zusammenhängenden Verwendung derselben als Heilmittel.

Eben so bin ich überzeugt:

5) dass in Wirklichkeit Homöopathie und Allopathie (als praktische Heilmethoden) entfernt nicht, sondern nur deren bisherige Auffassung Gegensätze bilden. Die Wirkungen der Arzneimittel stehen alle unter ein und dem gleichen Naturgesetz und sind, wie alle Wirkungen in der Natur, combinirte Erscheinungen der polaren und unpolaren Anziehungskräfte der Atome. Die grosse Verschiedenheit der Wirkungen von ein und dem gleichen Arzneimittel hat, abgesehen von der individuellen Verschiedenheit der Organismen selber, seinen Grund in der Verschiedenheit der Gabengrösse, denn mit jeder Aenderung derselben ändern sich auch die gegenseitigen Beziehungen zwischen unpolaren und polaren Anziehungskräften der Atome und Molekule des lebenden Körpers. Erfahrung hierbei ist, dass je mehr ich die Grösse der Gabe vermehre, desto mehr treten die ausschliesslichen Wirkungen der polaren Anziehungskräfte, d. h.

der specifische Charakter des einzelnen Arzneimittels, in den Hintergrund, die Stärke der Wirkung aber in den Vordergrund und je mehr umgekehrt die Gabengrösse abnimmt, desto mehr nimmt die Specificität der Wirkung zu, die Stärke derselben aber ab.

Aus dieser Wechselwirkung zwischen polaren und unpolaren Anziehungskräften erklärt sich nun auch sonnenklar, abgesehen von allem Schwindel und aller Unredlichkeit der Auctoren, die ungeheure Verschiedenheit in den Angaben der Auctoren über die Wirkung ein und des gleichen Arzneimittels. Dass der Arzt beide Modalitäten der Wirkung nothwendig hat, sowohl die Stärke als die Specificität, habe ich schon erwähnt. Wenn ich nach ein und dem gleichen Orte unter 2 oder 3 Wegen zu wählen habe, so werde ich je nach den Umständen bald diesen, bald jenen Weg einschlagen, wie es die Umstände erfordern, ich werde daher auch nicht blos einen einzigen für den allein richtigen Weg ausgeben können. Muss ich mit schwerem Fuhrwerk an diesen Ort kommen, so werde ich wohl schwerlich den nächsten, aber steilen Fusspfad einschlagen, selbst wenn es einmal auch einen Narren gegeben haben sollte, der aus angeborener Marotte nie in seinem Leben einen andern Weg als einen Fussweg befahren hätte. Sie wissen, Paganini hat das Kunststück verstanden, alles auf einer Saite zu geigen. Haben Sie einmal gehört, dass ein Conservatorium der Musik auf dieses hin seine Schüler das Geigen auf einer Saite gelehrt hätte, oder dass ein Sachverständiger der Musik einmal sich ausgesprochen hätte: ja das Geigen auf einer Saite das ist eben das schönste, das bequemste, ja das Geigen auf einer Saite, das allein ist das wahre Geigen.

Wenn ein Homöopathe, wie dieses zweifellos der Fall ist, Blutungen der verschiedensten Art mit Minimalgaben stillen kann, ihm aber einmal eine Blutung von solcher Heftigkeit vorkommt, dass die Minimalgaben nicht mehr ausreichen, ist es oder wäre es in der Ordnung und recht, wenn er immer fort auf seiner einzigen Saite fortgeigte und grundsätzlich — weil ja das Geigen auf seiner einzigen Saite das allein wahre Geigen ist — lieber die Geige bei Seite legte, als dass er alle vier Saiten aufzieht und in Maximaldosen Tannin, Eisenchlorid etc. gibt. Umgekehrt wenn ein Allopathe schon weiss, dass er gegen schwarzen und grauen Staar, Carcinom, Enchondrom etc. nichts ausrichten kann, sondern jedenfalls an die geschickte kunstgeübte Hand des Chirurgen appelliren muss, soll dieser vermeintliche Lieblingsschüler Aesculaps auf dem rechten Ufer des Styx grundsätzlich auch lieber wie sein homöopathischer College auf dem anderen Ufer des infernalen Flusses auf seiner einzigen Saite fortgeigen, bis des einen wie des andern Patient endlich gemeinschaftlich in Charons Nachen die Reise in's Reich der Schatten angetreten haben, lieber als dass er entweder selbst specifische Minimalgaben versucht oder seinen Collegen darum angeht?! Ich bitte H. A. beantworten Sie sich selbst diese Frage.

Wenn man in Glaubenssachen, in der Politik oder auf dem Gebiet der Wissenschaften die Leute recht hintereinander bringen will, so darf man nur ein recht kräftiges Schlagwort — welch prächtige Stammverwandtschaft hat nicht dieses Wort — in die Welt hinaus schicken. Similia similibus stellte einst Hahnemann als Feldgeschrei der Homöopathie auf, sogleich wurde die Parole: contraria contrariis aus dem Lager der alten Schule entgegengeschrieen. Darauf stürzten dann beide Theile in dem festen Glauben: in hoc signo vinces auf einander los und es wurde eine Art medic. 30- ja 60jährigen Kriegs eingeleitet, der seines Gleichen nicht leicht fand. Man kann wohl sagen, der eigentliche Krieg endete mit beiderseitiger Erschöpfung, in der Hauptsache als solcher völlig resultatlos, ganz wie der 30jährige Religionskrieg. Jeder geht gleichfalls seine eigenen Wege, die Homöopathen allerdings von Tag zu Tag in immer grösserer Gesellschaft, dieses lässt sich höchstens leugnen, aber nicht anders machen, und dünkt sich gescheiter und besser, als sein Bruder, während der eine den andern so gut brauchen könnte, wie der andere den einen, denn Homöopathie und Allopathie sind in Wirklichkeit und für das praktische Leben nichts anderes als die Verwendung von Minimal- und Maximaldosen der Arzneikörper als Heilmittel und stellen als solche die zwei zusammengehörigen Hälften von ein und der gleichen im Laufe der Jahrhunderte herangewachsenen, leider wie mir scheint, noch lange nicht reifen Frucht der Erfahrung dar, deren kostbaren Kern allerdings erst Dr. Samuel Hahnemann als das wirklich rationelle Prinzip der Arzneiwirkung vor 80 Jahren mit glücklichem Griff als specifische Beziehung zwischen Arzneistoff und Organismus herausgefunden hat. Die Grösse seiner Entdeckung wurde in der That nur aufgewogen durch die Grösse der Anfeindungen, die er von Seite seiner Gegner zu erdulden hatte, ganz wie es von jeher in der Alltagswelt zuging:

> Die Wenigen, die was davon erkannt,
> Hat man von je gekreuzigt und verbrannt.

Wenn freilich beide Theile einmal einsehen wollten, dass sie die Arzneimittel ein und allemal nur im Sinne ein und des gleichen Naturgesetzes anwenden können und auch unbewusst wirklich anwenden, und wenn sie statt sich gegenseitig im besten Falle zu ignoriren, im gewöhnlichen dagegen sich zu missachten und zu befehden, gegenseitig unterstützend gemeinschaftlich auf dem grossen Arbeitsfeld der Wissenschaft thätig sein wollten, dann würde auch für das Hauptfach der Medicin an dem leider bereits die tüchtigsten Köpfe der alten Schule, theilweise die

Spitzen der Wissenschaft ganz und gar zu verzweifeln begonnen haben, für die Heilkunst, die Morgenröthe eines vielleicht glänzenden Tages anbrechen und gewiss, wenn man nur einmal die Erfolge sehen würde, dann würde auch die Wissenschaft sich selbst zur höchsten Ehre und der Menschheit zum grössten Segen mit vereinigten Kräften und verdoppeltem Eifer das nachzuholen sich bestreben, was bis dahin eitler Dünkel und blinde Partheileidenschaft sie versäumen liess. Es unterliegt keinem Zweifel in dem Augenblick, als beide Theile meinen Fundamentalsatz mit allen seinen Folgen anerkennen und sie sehen würden, dass sie nur ergänzende Glieder ein und des gleichen Stammes sind, könnten sämmtliche Mitglieder des ärztlichen Standes, ohne sich irgend etwas zu vergeben, gar wohl sich vereinigen. Allein wer wollte an ein solches Wunder glauben, wenn der liebe Gott selbst vom Himmel käme, es würde ihm sehr schwer fallen, einem solchen alten, steifen Doktorhut diesseits wie jenseits der trennenden Schranken eine andere geschmeidigere Façon zu geben und einem emeritirten Professor begreiflich zu machen, dass eben doch nicht alles so unfehlbar richtig gewesen, was er seinem gläubigen Volke ex cathedra vorzutragen bis dahin gewohnt war. Deswegen sei hiemit ganz besonders an die Jugend, welcher die Zukunft angehört, appellirt, an ihr wird es sein, neue Ideen zu prüfen, neue Ideen aufzunehmen, neue Ideen fortzupflanzen. Was uns Uebrige betrifft — nun vielleicht kann man auch da einem und dem andern mit Illo zurufen

> Spät kommt ihr — doch ihr kommt, der weite Weg
> Graf Isolan, entschuldigt euer Säumen.

Ich wäre nun H. A. vollständig am Schlusse meines Vortrags angekommen, wenn ich Ihnen nicht noch eine kleine Mittheilung zu machen hätte, dieselbe enthält freilich in gewissem Sinne das Wichtigste von allem Bisherigen. Sie wissen, dass meine ganze Auseinandersetzung des homöopathischen Heilverfahrens ganz und gar auf der Hypothese beruht: dass alle Materie und daher auch deren letzte Theile gleichzeitig Träger einer unpolaren Centralkraft und zweier entgegengesetzter polarer Anziehungskräfte sind. Ich habe bis dahin von diesem Satz als meiner Fundamentalhypothese gesprochen. Ich bin nun in der angenehmen Lage Ihnen mitzutheilen, dass dieser Satz bereits ausserhalb des Gebietes der Vermuthungen auf das Gebiet der durch das Experiment zu erweisenden Thatsachen überzutragen ist. Mit Rücksicht auf die disponible Zeit, die bereits abgelaufen ist, muss ich Sie bitten, für diesesmal mit einem kurzen Referat dieser Versuche, welche ich an einem andern Ort detaillirt erzählen werde, sich zu begnügen. Die Versuche sind alle sehr einfach, wie sie experimenta crucis sein sollen und verdanken ihr Dasein wie dieses in ähnlichen Fällen gar häufig der Fall war, in erster Reihe wenigstens dem Zufall.

Es war bei Gelegenheit, als ich für die bereits erwähnte Schrift gleichsam zum Ueberfluss den experimentellen Beweis führen wollte, dass wie die Schwerkraft proportional der Massenzunahme, so die Einwirkung der chem. Agentien proportional der Oberfläche sich verhält. Meinen ersten Versuch machte ich mit gewalztem, durchaus gleich dickem Kupferblech, welches ich in 4 ganz ungleich grosse Stücke, gleich lange Zeit in eine gleich starke Salpetersäure so brachte, dass die Stücke von allen Seiten unbehindert von der Säure umspült waren und ich durch Wägungen vor und nach dem Experiment den erlittenen Abmangel durch Auflösung an den verschieden grossen Metallstücken konstatirte. Das was ich sicher erwartete fand ich gerade nicht und was ich nicht für möglich hielt, das war das Resultat: vom kleinsten, nicht vom grössten Stück war verhältnissmässig am meisten aufgelöst. Darauf machte ich den gleichen Versuch mit Zink, dann mit Zinn und endlich mit Eisenblechen. Nachdem sämmtliche Ergebnisse zusammengestellt und mit einander verglichen waren, stellte sich heraus:

1) dass der verhältnissmässige Verlust, den die Metalle von ihrer Oberfläche aus durch die Einwirkung von Säuren erleiden, bei verschiedenen Metallen ein sehr verschiedener ist,

2) dass sich namentlich der verhältnissmässige Verlust einer Platte von grösserer Oberfläche sich zum verhältnissmässigen Verlust einer Platte von kleinerer Oberfläche sich verhalte

beim Kupfer wie 1 : 4
„ Zinn „ 1 : 2
„ Eisen „ 1 : 1,5
„ Zink „ 1 : 0,75,

3) dass endlich dieser verhältnissmässige Verlust ganz entspricht der Stellung, welche das betreffende Metall in der elektrochemischen Spannungsreihe einnimmt, welche Berzelius seiner Zeit aufgestellt hat. Vom Kupfer, als dem elekronegativsten Metall an nimmt dieser verhältnissmässige Verlust ab, so zwar, dass er beim Zink unter die Einheit sinkt, d. h. dort nach Verhältniss mehr die grössere Platte als die kleinere angegriffen wird.

Es war mir dieses Resultat eben so unerwartet als merkwürdig und es musste mich dasselbe auf die Vermuthung bringen, den Grund hievon darin zu suchen, dass das negative Molekul des Kupfers dem ebenfalls negativen Molekul der Säure einen stärkeren Widerstand leiste als dieses die positiven Molekule der übrigen Metalle zu thun im Stande waren. Ich musste darin also einen experimentellen Beweis sehen, dass die sogenannte chem. Verbindungskraft der Molekule die chem.

Affinität, nichts anderes ihrem Wesen nach sei, als eine Aeusserung polarer Kräfte, wie solches Berzelius annahm und mit ihm noch eine Reihe berühmter Chemiker und Physiker. Nebenzu machte ich mir aber alsbald selbst den Einwurf, dass zunächst nur so viel bewiesen sei, dass stofflich verschiedene Metalle nach Verhältniss ihres Flächengehalts von den chem. Agentien, hier den Säuren, auch in verschiedener Weise angegriffen werden. Dass gerade die etwaige verschiedene Polarität daran schuldig sei, konnte möglicher Weise blos eine Ansicht von Berzelius, gestützt auf die bei der Einwirkung des galvan. Stroms gemachten Erfahrungen sein. Ich fühlte das volle Gewicht dieses Einwurfs, diese petitio principii gar wohl und sann längere Zeit nach, ob diese Ausicht nicht anderweitig experimentell geprüft werden könnte. Da fiel mir auf einmal mein Hufeisenmagnet ein. Dieser war offenbar von stofflicher Gleichheit in allen seinen Theilen, nur hatten beide Enden verschiedene Polaritäten; ich machte nun folgenden Versuch: Der Magnet wurde mit seinen beiden Polen in 2 neben einander stehende Gläser, die mit ganz der gleich starken Säure gefüllt waren, ganz gleich tief eingetaucht und gleich lange Zeit darin gelassen. Ich machte diesen Versuch dreimal, zuerst mit verdünnter Salzsäure, dann mit verdünnter Schwefelsäure und endlich mit Salpetersalzsäure. Das hiebei gewonnene Resultat war in allen 3 Versuchen das gleiche, jedesmal hatte die Säure beziehungsweise die Eisenauflösung, in welcher der N pol des Magnets eingetaucht war, ein grösseres specifisches Gewicht als diejenige, in welche der S pol eingetaucht war.

Bei d. 1. Versuch wog d. Eisenlösung d. N pols $1{,}_{185}$; die des S pols $1{,}_{179}$

$_n$ $_n$ 2. $_n$ $_n$ $_n$ $_n$ $_n$ $_n$ $_n$ $1{,}_{750}$; $_n$ $_n$ $_n$ $1{,}_{742}$

$_n$ $_n$ 3. $_n$ $_n$ $_n$ $_n$ $_n$ $_n$ $1{,}_{970}$; $_n$ $_n$ $_n$ $1{,}_{962}$.

Nach diesen übereinstimmenden Versuchen war nun doch bis zur Evidenz bewiesen, dass aus einem stofflich gleichartigen Körper, dem Stahl, sogleich ein stofflich ungleichartiger wird, wenn ich demselben verschiedene Polaritäten beibringe, d. h. aus dem Stahl einen Magnet mache. Ich glaube daher nun das Recht zu haben, mit Berzelius zu behaupten, dass chemisch verschiedene Reaktionen nicht auf stofflicher Verschiedenheit als solcher, sondern auf der sie mitbedingenden verschiedenen Polarität beruhe und dass wirklich die chemische Affinität nichts anderes in ihrem Wesen ist als eine Bewegungserscheinung polarer Anziehungskräfte der ponderabeln Atome im kleinsten Raum. Da nun das Vermögen, chem. Verbindungen einzugehen i. e. chem. Affinität zu zeigen, so gut jedem irdischen Körper und seinen Atomen zukommt, wie die Eigenschaft ein bestimmtes Gewicht zu haben, so ist zunächst für die ponderabeln Atome mein Fundamentalsatz, der da heisst: Die Atome sind nicht nur Träger einer unpolaren Centralkraft, sondern gleichzeitig auch Träger zweier entgegengesetzter polaren Anziehungskräfte, eine von mir durch das Experiment erwiesene Thatsache. Der gleiche Beweis für die imponderabeln Aetheratome kann, was ich hier nur gelegenheitlich den Herren Fachmännern gegenüber kurz erwähnen will, am allereinfachsten durch das Lenz-Peltiersche Experiment, mittelst welchem man durch Electricität Kälte erzeugen kann, geliefert werden, wenn man dasselbe dahin abändert, dass man zwischen die Kegel des Differentialthermometers und den einen Pol noch einen Multiplicator einschaltet. Bei dieser Gelegenheit beweist das Differentialthermometer die Anwesenheit einer unpolaren Molekularkraft, der Wärme und gleichzeitig das Abweichen der Multiplicatornadel die gleichzeitige Anwesenheit einer polaren Attraktionskraft, welche beide Bewegungserscheinungen den imponderabeln Atomen ein und des gleichen Aetherstroms zukommen.

Ist es nun aber experimentell erwiesene Thatsache, dass die Atome gleichzeitige Träger einer unpolaren Centralkraft als polarer Anziehungskräfte sind und habe ich folgerichtig das unter dem Namen der Homöopathie allgemein bekannte und längst an tausend und tausend Orten empirisch geübte Heilverfahren aufgeklärt, so ist dasselbe nunmehr eine nach der Methode der exacten Forschung theoretisch aufgeklärte, wie längst schon praktisch erwiesene Thatsache.

Und so dürfte vielleicht doch einmal die Zeit herangekommen sein — vorausgesetzt, dass die Hunderttausende und Millionen von Aerzten und Laien, welche bis dahin warmen Antheil an dieser Angelegenheit genommen haben, die Hände nicht ganz in den Schoos legen, wo die Wissenschaft in ihren Spitzen den Wahrspruch wird abzugeben haben

1) über die wissenschaftliche Anerkennung des sogenannten homöopathischen Heilverfahrens, das in nichts anderem besteht, als in der möglichst exclusiven Benützung der polaren Kräfte der ponderabeln Atome, wie die Electrotherapie nichts anderes ist, als die therapeutische Benützung der polaren Kräfte der imponderabeln Atome.

Sodann wird es Sache der Regierungen und gesetzgebenden Körper der verschiedenen Staaten sein, dass

2) dieser wissenschaftlichen Anerkennung durch Gründung von Lehrstühlen und klinischen Abtheilungen auf den Universitäten, wo auch dieser Theil der medicinischen Therapie gepflegt wird, Ausdruck gegeben werde.

In der That, es wäre einmal Zeit, dass die Wissenschaft das

grosse Unrecht, das sie seit 80 Jahren an einem der grössten Aerzte, die je auf deutschem Boden zur Welt gekommen sind, einem Manne, der vielleicht in Zukunft den grössten Aerzten aller Zeiten und aller Völker beigezählt wird, begangen hat, sich selbst zur hohen Ehre und zum grossen Fortschritt, wie der Menschheit zu unendlichem Segen an den Manen von Dr. Samuel Hahnemann endlich einmal gut machte!

K. Hofbuchdruckerei zu Guttenberg (Carl Grüninger) in Stuttgart.